雪解

YUKIGE

大島幸男　句集

Oshima Yukio

青磁社

序文

大島幸男さんの第一句集ができて、ご本人も喜んでおられるが、私もそれに負けないくらい嬉しく思っています。大島さんは新潟県十日町市の出身です。この辺りは歴史が古く、笹山遺跡出土の縄文時代の火焔型土器は国宝になっています。

大島さんは、雪国生まれ、雪国育ちの俳人であり、かつ企業人でもあります。今は全国を飛び回って講義や講演をしたり、吟行したり、何よりもさまざまな俳句大会に参加して賞をもらっておられます。そして地酒を楽しみ、土地の珍味を味わい、また佳句を詠むのです。そのような生活の中から今回三八四句が第一句集を飾ることとなりました。

公益社団法人俳人協会・俳句文学館のウェブサイトで検索すると次の句が出てきます。

寒月の登りきらざる樹林かな

季語「寒月」（冬）の中に、第四八回関西俳句大会の入賞句として掲載されています。同じく俳人協会の第六〇回全国俳句大会一般の部では、次の句がありま す。

白日の蟻が土吐く爆心地

大会の選者のうち、角谷昌子さんと佐怒賀直美さんの、それぞれ特選です。広島での句で、爆心地を詠む句は多くありますが、「蟻が土吐く」が独特の大島調です。

特に大島さんの句の特徴は、各地で実施される俳句大会への参加と入賞記録によく表れています。国の内外での吟行句には、その土地への挨拶に真心がこもっています。最近では、令和四年の「第一三回虚子・こもろ全国俳句大会一般の部」で「第二三回俳句大会賞」に輝きました。

微かなる獣のにほひ木の根開く

この「木の根開く」の自然現象は、南国土佐で育った私が雪国で初めて見て、その時に得た感動を忘れることのできないものです。それを「微かなる獣のにほひ」と詠んだことで、私にさらに感動を加えてくれることになった、雪国に生まれ育った作者ならではの一句です。さらに令和五年の、第三二回信州伊那井月俳句大会では、大島さんの次の句が「角川『俳句』編集部賞」になりました。

酔ふほどに出る国言葉井月忌

大島さんの生い立ちと専門、つまり人生の背景を知ることが、彼の句を鑑賞するときに、その句をより深く鑑賞するよりどころとなります。ある俳人は句集に俳句以外の経歴は不要だと述べたことがありますが、十七音に込められた作者の思いを知ることも大切で、人生の背景はそのための重要な情報です。大島さんは、株式会社村田製作所が本格的ブランディング活動を開始したとき以来二三年にわたって、その総務部長、広報部長として、一貫して広報と広告を担当、企業認知度を高め、一流企業としての評価を高め、就職意向を含めて企業ブランドをトップクラスにさせた中心人物です。その後、ローム株式会社でもメディア企画部顧問をつとめ、その経験を活かして、企業や大学で広報と広告に関するアドバイザーとして活動し、講義や講演を続けておられます。

そのような背景を持って詠む一句が、選者の心をつかみ、多くの入賞作品を生み出すということは容易に理解できるであろうと確信しています。このような作者の経歴は、この句集を鑑賞していただくための重要な情報となると思います。

氷室俳句会に大島幸男という俳人が入会したというよりも、大島幸男という企業人が入会してあっと言う間に俳人となったという経過を、少し振り返ってみましょう。彼が氷室に入ったのは、金久美智子創刊主宰のとき、平成一六（二〇〇四）年でした。嬉しかったのは私が一人で頑張って作っていたホームページを見て入会してくれたという一言でした。まさに広告と広報の成果です。この年の六月六日、日曜日に氷室本部で開催している定例の「東宇治句会」に大島さんが初めて参加されました。翌年平成一七年一二月号では氷室コンクールの結果発表があり、早くも大島さんの作品「奥越後」が「俳句の部Ⅱ」で入賞しました。

実は、平成一七年の七月二一日、私が村田学術振興財団助成金贈呈式と懇親会に出席した後、私が村田製作所本社の新館のみごとな設備を見学しているとき、大島幸男さんが総務部長の席にいて、私は大島さんのお仕事をしっかり認識したのです。

「氷室」の平成一八年一月号で新同人が発表されたとき、大島さんも同人になりました。そして「同人句評」も一〇〇回となり、大島さんもそこで健筆をふるってくれました。「氷室」平成二〇年二月号は氷室創刊一五周年記念大会特集号でした。その記念大会報告「大会初参加の記」を大島さんが七ページに渡って書いてくれました。平成二〇年度氷室俳句大会では氷室作品コンクールの「俳句の部Ｉ」の大島幸男「登高」が入賞しました。この年から氷室編集部の一員として、大島さんは現在も活躍し、また句会の指導を行い、俳人協会関西支部の活動を支えるメンバーもつとめています。

大島幸男第一句集『雪解』から作品のいくつかを以下に紹介します。まず故郷のことから始まります。大島さんにはすでに東京四季出版『現代俳句精鋭選集9』の合同句集に出た百二句があります。その中でも最初に〈あけび芽のにがきを食めば故郷にあり〉があり、その季節になると通草の芽の話を聞きます。友人が送ってきてくれると、嬉しそうに話します。

雪形の現れしころ帰りけり
雪間より流るる水の光かな
雪形が出ました帰郷しませんか
たつぷりと湿らせて着くあけびの芽

この〈雪形が出ました帰郷しませんか〉は、第二三回毎日俳句大賞で高野ムツオさんの特選となった句で、私もよく覚えています。私は雪形には縁が無く、この表現にとても感銘を受けました。雪国の暮らしの暦が見えてきます。

大島さんは人を見つめる豊かな眼を持っています。さまざまな仕事で積み上げた物をあるいは人を見る眼が、あるときは鋭く、また温かく、深いところまで観察します。そのことが多くの句に自然に現れているのをいつも私は注目しています。

年守をせむと鐘の音聞きゐたり
店番の昼寝してをり蚤の市
大鍋を背負うて来る芋煮会
夜学子のざくりと置きし鍵の束

大島さんの自然や街を見る眼は澄んでいて、すっと納得できる表現に観察の結果を詠みます。いつもの句会でそれが高点句になり、各地の俳句大会で賞を獲得しています。

杣径の滑りやすさよ朴の花
滴りのひとつぶごとに天の藍
冬田出る轍の上の轍かな
この先は神の域なり天狗茸
ももんがの夜空をよぎる村祭
残雪や山に鉈目の新しく

ご家族への深い敬愛の情がときにふと詠まれます。故郷を離れても、住処を変えても、恒にご家族を思う心を持っています。

悴みし妻の釦を嵌めてやる
冬座敷吾が学位記と若き父
父の掌を握りし記憶冬怒濤
蕗味噌や妻と二人の早夕餉
初蝶と言ひたる妻をうべなへり
感冒の枕に母の逝く報せ

このように、広い分野で作品が今後とも続々と生まれるであろう予感と、それを私は楽しみにしています。

令和五年一二月

氷室俳句会主宰　尾池　和夫

雪解＊目次

句集

雪解

雪間

平成十六―二十一年

平成十六年

蒲公英の絮を吹くより風巻きぬ

春の雨遊び飽きたる猫の鞠

花の闇夜間飛行機曳光す

尻ポケットに啄木歌集海鞘と酒

悴みし妻の釦を嵌めてやる

平成十七年

春寒や真鯉にはかに泥たてぬ

虎杖を折れば音たつ水滴る

朽ちはてし鉄路や背高泡立草

風鐸や奈良には高き鰯雲

静けさや墓掃く僧の頬被

溜息はつかぬ約束冬薔薇
年守をせむと鐘の音聞きゐたり

餅花の枝垂るる先に寝ねにけり

平成十八年

のどけしや見えてみえざる瓢鮎図

すかんぽや山の校舎は閉ざされて
一つ家に老いたる桐の花盛り

墨の香のつと流れくる夏暖簾

色褪せて氷水屋の氷旗

朝売の声に始まる暑さかな

水飯や厨の板の黒光り

セーターの毛玉摘み摘み更けにけり

平成十九年

雪形の現れしころ帰りけり

この先は落人の里雪崩渓

雪間より流るる水の光かな

渡りきるまで真顔なり知恵詣

通勤は天神の径紅つつじ

中陰や声佳き僧の汗手貫

鍬形の来る樹は誰の秘密基地

廃業の床屋の月下美人かな

竿灯の大撓りして耐へにけり

一抜けて二抜けて釣瓶落しかな

年木樵子等は一日遊びをり

羚羊の一点にして動かざる

両の掌に息吹きかくる機始

ほんやら洞差配する児とさるる児と

ほんやら洞は十日町市地域で小正月の鳥追いに作る雪洞《かまくら》

平成二十年

みづうみの港に立ちぬ麦の秋

アンコール・ワット

緑蔭や幼き僧は経さらひ

稲架の間にきざはしのあり山寺は

北海道　二句

落葉松の遠近法の秋の暮

秋没日津軽は地図のまま玄し

風の道示し紅葉となりにけり

枯草の南へ傾ぐ鉄路かな

客人に指差す比叡の冬灯

群鳥の樹を渡りゆく師走かな

平成二十一年

背を向けて電話する人花篝

新緑や目鼻まだ無きこけしたち

草抜けば山蟻騒ぐ杣の径

音立てて水吸ふ畑や夏の雲

蛸買うて行けと呼ばるる半夏生

大夕焼火伏の山を包みけり

どの花もどこか崩れて曼珠沙華

秋あかね火の見櫓の鐘失せて

古里はひと山奥や海《ば》羸《い》廻《まは》し

源流の名を雑魚川と秋深し

越前は荒れて北山時雨かな

幼にも渡世の悩み日向ぼこ

歩道橋上の真闇やクリスマス

河原町四条の角の社会鍋

雪嶺

平成二十二―二十五年

平成二十二年

つちふるや古都は郁夫の色をして

啓蟄のゆつくり延ばすバターかな

細々と海に入る川針槐

鼈甲色増したるこけし夏に入る

旅鞄曳く音のあり明易し

両の手に受け帰省子の名刺かな

トタン屋根多き山国夏の雲

文豪をまねて頬杖夏座敷

弔問のネクタイ解きぬ片かげり

蟷螂の逢ひたくもなき人の貌

傾きし二百十日の浜の椅子

秋澄むや襖に淡く雁の落ち

耿耿と廃工場の良夜かな

海よりも青き目薬冬の虹

一病に馴れたる小春日和かな

予備校も母校と思ふ空つ風

荒波の低きところに寒の月

平成二十三年

叡山に雲滞る余寒かな

荒東風や竹が竹撃つ里の闇

芽柳やビルの谷間の喫煙所

紫雲英咲く遺跡調査の隣まで

踏青や礎石に残る今朝の雨

竹林の荒れたるところ著莪の花

釣堀のしじまに昼の時報かな

雪渓や漢ことさら腕を組み

店番の昼寝してをり蚕の市

夏雲や海の果指す移民像

船待ちの流行《はやり》の唄も大暑かな

信号の遠き明滅虫時雨

塔頭の塀の崩れや榠櫨の実

天高し大河と言ひて筋ほどに
棄舟を容れて葦原枯れわたる

日溜に鳩の膨るる寒さかな

立読の背中にクリスマスのジャズ

武漢　三句

風寒し大河の名前呟けば

小春日や通訳に説く黄鶴楼

漢文の師の名忘れず冬帽子

マフラーをはづして巫女に戻りけり

村田製作所退職　二句

色焼けしコートの肩や職終はる

昨日までをりしビルに灯冬の月

平成二十四年

薄氷の閉ぢたる泡を踏みにゆき

白梅や小さき寺の幼稚園

故郷より移す本籍鳥雲に

バリ島　二句

まどろみに栗鼠の来てゐる寝莫蓙かな

スコールをひとつおぼえの飯屋まで

草笛や紫香楽宮《しがらきのみや》田の底に

夏霧の粒ありありと漂ひぬ

陰はまだ七分ほどなり川床涼み

先を行く人の触れけり萩の花

台風の来てをり吾に偏頭痛

桐の実や山はそろそろ風の頃

村境まで吠えらるる紅葉狩

枯桑や本家のなかにある分家

北風や歩数かぞへて渡る道

雪嶺の凛たり新聞休刊日

寒月の登りきらざる樹林かな

叱ることありてマスクをはづしけり

常のごと走る男や初茜

平成二十五年

山抜けて途の定まる帰雁かな

げんげ田に寄り朝売の小屋に寄り

入梅や操人形うなだれて

京都水族館

夏雲や東寺の塔に海豚跳ぶ

抜け道の厨灯るや縷紅草

蜩や少し遅れて風立ちぬ

闇空と言へど色あり蕎麦の花

そのかみの一揆の地なり濁酒

草の実や杭の高みに出水痕

冬の虹いま潜りしとおもひけり

杣道

平成二十六―二十九年

平成二十六年

荒縄を断つて木の芽を放ちけり

いつまでも語りしほたるぶくろかな

ほとばしる岩瀬の響き蝮草

蟻地獄指もて崩す別離あり

やみくもに線引きし書を曝しけり

その奥に板の間光る夏座敷

夏の雨さらり約束反古となる

夕萩や墨に馴染ます筆の先

柿買うてゐる間も暮るる大原野

大鍋を背負うて来る芋煮会

踏切に近き酒場の蔦紅葉

鷹匠の腕まつすぐに鷹を呼ぶ

ふるさとの夜具の重さや冬の雷

初茜きのふと同じ鳥の来て

福笹や大和大路と言ふ小路

冗談と本気のあはひ春の風邪

平成二十七年

雨三日時々晴れて雀の子

番外の寺に休みし遍路笠

チンパンジー一人と数へ長閑なり

杣径の滑りやすさよ朴の花

奥の院へ道の崩るる竹落葉

闇重く濡れ蛍の二つ三つ

冷酒や夜具を丸めて車座に

石仏の其処は手をもて草を刈る

沢水や星より淡き独活の花

いささかの酒来る二階囃かな

ほつれより酒肆の灯火や秋簾

野放図に揺るる野の草秋初め

ゆるやかに星入れ替はる蕎麦の花

美しき一枚は手に落葉焚

紙漉の硝子戸叩く通り雨

煤逃げをしそこなひたる昼餉かな

蒸鮓の温みに置きしたなごころ

雪沓を提げ夜の駅の親であり

雪折の音する夜の深さかな

人去つて川音高き雪解かな

平成二十八年

ほととぎす一山越せば海の色

白魚を貫く朝の光かな

出て来ぬ名「あ」から試して明易し

蛇苺かつてわれらの丸坊主

滴りのひとつぶごとに天の藍
ひとつづつ老いて息災川床涼み

しばらくは鱧の骨切る音ばかり

その人の影をみてゐる日の盛り

カーテンを透かし比叡の秋めきぬ

手枕のそぞろに寒き畳かな

桐の実を踏めば音ありまたも踏む

敗蓮やあれはひとりが好きな鳥

ハロウィンの魔女改札を通りけり

雪吊の縄の固さを押してみる

吾が耳の奥の海鳴り冬の雷

橋に橋重なり合うて雪しまく

平成二十九年

剥製の焦点無き眼春の雪

春浅し奈良にならまち恋みくじ

眩しさよ草摘むことも摘む草も

半ばなる巣組や近江曇りがち

ローム退職

通勤の最後の途の芽吹かな

参道の馬酔木老いたる薄暑かな

野の道の暗殺未遂草矢打つ

端座して酒呑む四万六千日

山毛欅林の膨らみ揺るる夏の雨
喪の家を包み刈田となりにけり

山の名の部屋に目覚めぬ冬紅葉

冬田出る轍の上の轍かな

冬ざれや歩いて逃ぐる鳩の列

栓抜の鈴の鳴りけり薬喰

太編のマフラー猫の眼のをんな
ひと駅を眠りに落ちぬ冬の月

やはらかく陽の翳りゆく竜の玉
泣虫がなまはげとして来りけり

雪形

平成三十年―令和二年

平成三十年

県境のむかう雲濃し麦を踏む

春めくや一歩ためらふ行者橋

逃水や一直線の北の道

もののふのやさしき都をどりかな

左手の山が右手となる帰省

日盛りやポケット多き旅鞄

羅を着て姿見の背の闇

教室に灯の残りゐる良夜かな

飢饉まで開けぬ味噌樽木の実落つ

波郷忌や眼鏡の汚れかざし見る

降る雪や京に小さき発電所

そのうちと云ひて逝きけり冬北斗

行違ふ人の空咳夜の雁木

冬座敷吾が学位記と若き父

寒禽や戸に貼られある転居先

歳晩の寝かせて止むる砂時計

機織の灯にありありと雪降れり

どんど火のよぢれて吾に来ることも

令和元年

隣家まで雪踏み分くる良寛忌

残雪を噛むアイゼンと吐く息と

淀川の始まるあたり野火烟る

石垣の石の隙間に春兆す

横ざまに鴉流るる比良八荒
イヌと名をつけられし木の芽吹きかな

掌に零す薄荷油霾ぐもり

花冷やカレーの辛さひとつ上げ

火の山の微かな煙蕎麦を刈る

あぢさゐや髪に手をやるくせの人

ふうはりと来て去りゆけり夏の蝶

苔の花誰かが鳴らす神の鈴

ヨットから人の迫り出す青さかな

水無月の学舎に近き喫茶店

夏見舞ひと文字替へて乱れけり

千枚の田を染めあげし大花火

わたすげや父も泊りし小屋灯

さかさまに椅子積まれたる夏の果

大の字の痩せて月出る如意ヶ岳

薄翅を納めそこねしいぼむしり

枸杞の実や大河は涸れて石ばかり

この先は神の域なり天狗茸

鉄棒に座る少年秋夕焼

乗換へて山近くなる吾亦紅

榛の木に残照朱き刈田かな

利尻島　二句

ななかまどいつも雲ある利尻富士

草紅葉今夜はぐんと冷えさうな

ひよんの実や一日猛る太平洋

綿虫の我が掌の中と思ひしが

時雨来て傘傾げあふ先斗町

感冒の枕に母の逝く報せ

粕汁を啜り酒の名尋ねけり

古書店の奥に昭和とかじけ猫

十一面のひとつが後ろ冬深し

凍滝や隠れ祠に日の射して

令和二年

雪形が出ましたた帰郷しませんか

恙なき限界集落初燕

流るると見えて澱の紅椿

春眠やメビウスの輪のどの辺り

大本山永平寺なり青蛙

青葦の遠くに揺れてやがて風

草の野を漕ぎゆく先の花樗

田仕事に出はらふ里や立葵

川舟の幅に踏張る火振かな

約束の場所はすぐそこ時計草

遠花火仮のすまひに棲み馴れて

ともかくも往かす月日や蔓

畑のもの武骨に熟れて秋暑し

ほほづきや毀れゆくもの美しき

屍を出でてのたうつ針金虫

夜学子のざくりと置きし鍵の束

沈む陽の透くる芒が原の路

かまつかや素通りしたる郵便車

誉められて漢南瓜を切る夜かな

蚯蚓鳴く夜はつくづくと親のこと
ひるがへり合うて帰燕の日の近し

ももんがの夜空をよぎる村祭

呼びかけてみたき雲ありななかまど

ひとつづつ剝がす草の実山の宿

朝寒の宿に見せあふ持薬かな

なにやらのいはくの札や銀杏散る

安芸宮島　二句

小春日や浮桟橋の緩き揺れ

冬凪の潮満ち来たる能舞台

猛る時もつとも美しき里神楽

その底に小さき花あり枯葎

涸滝や石の祠の絵らふそく

海鳴の凍てし自転車置場かな

切れぎれによぢれて黒き雪の川

若水や星の底なる雪の街

新しき靴の固さも旅始

父さんが敬礼をする出初式

福笹や大和大路の往き戻り

雪虫

令和三—五年

令和三年

雪虫や信濃に京の千社札

蕗味噌や妻と二人の早夕餉

北京青天大人ばかりが凧を揚げ

坂なりに傾ぐ石仏竹の秋

たつぷりと湿らせて着くあけびの芽
ほうたるの二つが高き梢まで

おはぐろや流れに浸す脚と鍬

大丸も祇園祭の大暖簾

シーソーの子を夕焼に預けたる

かはほりや駅の階段かく長き

白日の蟻が土吐く爆心地

腰高にそろりと立ちし草相撲

流星の消えたる後の願ひ事

浮塵子《うんか》とぶ更けし会議の窓明かり

裏年の柿に没日の速さかな

乱菊をざつと括りし畑の暮

凩やつひに根付かぬ一樹あり

山茶花や押されれ去りゆく車椅子

鰭酒の燐寸上手に擦つてみす

誰かもう踏んでゆきたる霜柱

大陸の砂が層なす雪の壁

微かなる獣のにほひ木の根開く

令和四年

新任の先生が来る雪解靄

春しぐれ近江の小さき駅に下り

比良八荒遅延の駅の壁に倚り
初蝶と言ひたる妻をうべなへり

ンに終はる持薬あれこれ万愚節

占ひのちひさき机花の闇

恋歌は燃やせるごみに春の風

子燕や疾うに切れたるパスポート

ほどの良きころにて分くる牛角力

学校は山の中ほど花卯木

牛乳を貰ひしむかし子供の日

紫陽花や濡れしベンチに浅く掛け

疲れ鵜の飛ぶ形してとどまりぬ

禱解きまた草を刈る沖縄忌

畦道を去るまで梟に騒がるる

吊忍夕餉の窓を広く開け

祇園会の宵に似合ひの俄雨
簾戸の誘ふがごと拒むごと

一徹も忖度も無し三尺寝

病院の電話ボックス蚊喰鳥

向日葵の向いてるはうを向いてみる
黙禱の少女の胸の扇風機

シャッターに店主謹白盆休み
鳴きながら葉裏にまはるきりぎりす

竜胆や膝にまつはる昨夜の雨

蟷螂の禱る貌して食らふなり

みちづれのはじめは霧の川下り
稽田に降りてきさうな雲の列

葛の葉や半ば埋もれし砂防ダム

あぢさゐの葉の錆色に時雨かな

蒟蒻の三年目なり冬の霧

冬ぬくし包ほどけば鳩の寄り

マスクしてこの世に吾のなきごとし
父の掌を握りし記憶冬怒濤

短日や鴉ひと声あげて去る

冱つる夜や音の聞こえぬ体温計

寒月へ浚ひの風の起つ野かな

獺祭や積みたる本の底の辞書

令和五年

安吾忌の春灯低く堕落論

残雪や山に鉈目の新しく

稜線のやはらかくなる芽吹かな

逢ふまでと残すボトルに春の塵

啓蟄や親の遺影に似てきたる
卒業の袴が渡る行者橋

みづうみの名の橋潜る蜆舟

酔ふほどに出る国言葉井月忌

唐突のしじまのありて夕蛙

天地の軽くなりたる更衣

あの辺り佐渡の明かりや烏賊釣灯

梅雨寒やショーウィンドウの吾猫背

日時計に刻甦る梅雨晴間

やはらかく弾み蕓へ柿の花

ビニールの傘の軽さよ額の花

桑の実へいつか径つく草の藪

笹に汲むひと口ほどの岩清水

野良着脱ぐ口の胡瓜を放さずに

目薬を点せば波の音砂日傘

学会は旅のついでや祭笛

大学に絡みしへくそかづらかな

朝の日に羽化せぬひとつ蟬時雨

茄子漬のひとつにて足る湯漬飯
枝豆の殻並べたり重ねたり

駅の巣の無住となりし今朝の秋

虫の音や歩道の石に余熱なほ

コスモスや恋の話は石蹴つて

月明や砂丘に傾ぐ鳥の墓碑

会ふ朝の姿見暗き時雨かな

薬喰まづは仕留めし話から

除雪車と除雪隊員整列す
あやふきは冬の真昼の透くる月

寒林や刺《いら》蛾《が》の笛をぴいと吹き

雪雲のきつぱり切るるくにざかひ

あとがき

第一句集『雪解』は、「氷室」に初めて掲載された平成一六年七月号から令和五年一二月号までの句を中心とし、総合誌、俳人協会の大会等への投句、掲載句のうちから、アンソロジー『現代俳句精鋭選集9』（東京四季出版）の掲載句を除いて選んだ三八四句を纏めたものです。

私は、高校の一時期俳句に熱中したものの、進学、就職で完全に離れました。それが退職まで一〇年を切った五六歳の時、しっかり俳句を学びたいと「氷室」に入会しました。

「氷室」の句会に初参加した日、玄関まで来たものの怖気づいてしまった私は、心配して迎えに来てもらうほどでしたが、皆さんは温かくむかえてくれ、奇しくも隣に座るようにと言われた髭の方が尾池和夫現主宰でした。

以来、楽しく俳句生活を続けて二〇年が経ちました。氷室三〇周年記念として『新氷室歳時記』の発刊にご尽力されている尾池主宰から、私の掲載句を示して頂いたとき、突然、私も句集を纏めたいと思い立ちました。

尾池主宰からまず自分で選句してみなさいと言われてあらためて認識したことは、私の自然や事物を見る目が一八歳まで育った屈指の豪雪地である故郷と強く結びついていることでした。長い間京都で過ごしていますので、都会風な句を詠みたいと悩んだ時期もありましたが、金久美智子創刊主宰の「農山村に軸足があるということは、俳句作家にとって何よりの財産」とのお言葉を頼りに、都と鄙の感覚の間を気持ちの赴くまま行き来して出来たのが、『雪解』です。

句集発行に当たり、選句の細部にわたりご指導頂いた尾池主宰、俳句の美しさを教えて頂いた故金久主宰、俳句への意欲を掻き立ててくれた句友、学友、仕事関係の皆様に御礼申し上げます。また、句集発行を時に躊躇う私を強く押してくれた妻眞知子には感謝の気持ちとして、転居に際してきっぱり廃棄した趣味の油絵から故郷の記憶に繋がる紫陽花をカバーデザインに残すこととしました。

最後に『雪解』発行に際して青磁社永田淳様には一方ならぬお世話を頂きましたことに御礼申し上げます。

令和五年一二月

大島　幸男

著者略歴

大島　幸男（おおしま　ゆきお）

昭和二三（一九四八）年　新潟県十日町市生まれ
十日町高校　東北大学教育学部　同大学院修士課程
昭和五一（一九七六）年　株式会社村田製作所入社　定年退職後　ローム株式会社
平成一六（二〇〇四）年「氷室」入会

現在　「氷室」同人会長
公益社団法人俳人協会幹事　京都俳句作家協会会員　大阪俳人クラブ会員

句集　アンソロジー『現代俳句精鋭選集９』（平成二一年　東京四季出版）

現住所　〒六一八—〇〇一二　大阪府三島郡島本町高浜三—三—一—六〇六

句集　雪　解

氷室叢書

初版発行日　二〇二四年五月九日

著　者　大島幸男

定　価　二七〇〇円

発行者　永田　淳

発行所　青磁社

京都市北区上賀茂豊田町四〇―一（〒六〇三―八〇四五）

電話　〇七五―七〇五―二八三八

振替　〇〇九四〇―二―一二四二二四

https://seijisya.com

装　画　大島眞知子

装　幀　加藤恒彦

印刷・製本　創栄図書印刷

ISBN978-4-86198-588-1 C0092 ¥2700E